悲しみのゴンドラ　増補版　栞

人生の呪縛から解き放つ詩人

――スウェーデン中が受賞に熱狂

クリステル・デューク

　十月の最初の木曜にあたる六日、ストックホルムは曇り空だった。旧市街にあるスウェーデン・アカデミーの柱時計が午後一時を告げると、白いドアからピーター・エングルンド事務局長が姿を現し、会見場を埋める記者や市民の注視の的となった。熱気でサウナのようだ。みんなの期待が痛いほど伝わってくる。今年のノーベル文学賞は欧州それともアジア、南米、もしかしたらアフリカ？　小説家それとも詩人？　多くの名前があがっていた。

　事務局長がぐるっと見回し、口を開いた。

「ようこそ、みなさん、二〇一一年のノーベル文学賞はスウェーデンの詩人、トーマス・トランストロンメル氏に授与されます」

　突然、雷のような拍手で何も聞こえなくなった。サッカーの国際試合でスウェーデンがゴールを決めた時のようだ。私は天井を見上げた。授賞理由はこうだった。〈凝縮された半透明なイメージを通して、現実への新しい道筋をつけた〉

　すべてが夢のようだった。興奮の渦の中に立ちながら、ストックホルムで同じ高校に通ったトーマスを思い出していた。私たちは六十年来の友人なのだ。一九四〇年代末のある日、校内誌編集長だった私のもとにトーマスから詩の原稿が入った封筒が届いた。原稿を読む私の胸中に、ショックに似た想いが走った。若さに溢れた豊かな、まことに独自なその詩質――わずか十六、十七歳にして、すでに驚くべき才能を示す真の詩人の出現が見られたのだった。

いま、詩に新しい声を与えたと評価されているトーマスの素晴らしい才能はすでに明らかだった。独創的なメタファー、日常のことばの新鮮な使い方、自然や人々への優しいまなざしなど、すべてがそろっていた。

受賞発表後、私は急いでストックホルムの南方、海を見下ろす高台にあるトーマスの自宅へ向かった。到着すると家の周辺は、記者やカメラマンなどで大変な混雑だ。黄色いバラの花束を手に人ごみをかき分けてドアを開け、トーマスに歩み寄り、花束を彼のひざに載せて自由になる左手を両手でくるんだ。彼は笑顔をみせ、わかったという表情になった。重度の脳卒中の後遺症で、少ししかことばが話せない。モニカ夫人がいつもそばにいて、信じられないほど繊細で献身的な代弁者として、夫の「ことば」を伝えてきた。

「TT」との愛称をもつトーマスはモダニストの詩人だが、ふつうの市民や外国人が読んでも理解できる詩を書いてきた。日常的な題材に始まり、突然、詩的な魔法によってまったく別なイメージに変容する。読者を人生の呪縛から解き放つ。国民的詩人と呼ばれるのは、子供の洗礼から結婚式、誕生日、葬式まで、日常生活のさまざまな場面でいつも彼の詩が読まれているからだろう。受賞が決まったとたん、書店の棚から彼の詩集がたちまち消えたという。

エングルンド事務局長も「トランストロンメル氏によって詩がいかに力を持っているかを教えてもらった、喜びで泣きたくなることもある」と語っている。

モニカはこの日、午前十一時四十五分に「さあ、昼食にしましょうか。今年も何事もなかったようだから」と声をかけたという。受賞者には十一時半ごろに電話がくるはずで、その時刻は過ぎていた。すると十分後に電話が鳴った。

エングルンド事務局長がモニカに「なぜお電話したか、おわかりですか」と尋ねたが、モニカは何と答えていいか迷っていた。聞き手はトーマスに代わり、そこで事務局長は授賞を伝えた。受話器を置くと、まだ理解していないモニカのほうを向いて彼はにっこり笑い、「ミッケット・ブラ(とてもよかった)」の二語を口にしたという。

モニカはまたこんな思い出も披露した。九〇年代半ばまで住んでいた家には、毎年受賞者発表の日になると、大勢の記者と町の人がケーキやシャンペンを手にやってきて、外で朗報を待っていた。モニカは発表が終わって帰ろうとする人々に「せっかく来たのだから、どうぞ中へ」と招き入れ、部屋中に花を並べてシャンペンを開け、トーマスはピアノで歓待した。「楽しい午後でしたよ」となつかしそうだった。


(翻訳・佐藤由紀)

(「毎日新聞」二〇一一年十月十一日)

めくるめく隠喩の詩人
――トランストロンメル氏受賞に寄せて

エイコ・デューク

今年のノーベル文学賞受賞者の発表でトーマス・トランストロンメル氏の名が告げられた。呆然とした一瞬の後、喜びが爆発する。ストックホルムの市街の南の高台にある詩人のお宅へ、すぐ車を走らせるが、吉報がまだ信じられない思いで、胸中で幾度も確認を繰り返す。毎年この季節が来るたびに何度も受賞への期待と落胆を重ねてきた記憶があまりに強いのだ。

詩人宅のドアは大きく開かれ、息苦しい熱気に包まれていた。奥の小間の明るい室内で、いつものように肘掛け椅子に沈み込む詩人の姿が垣間見えた。駆け寄って、「おめでとうございます」と、肩を抱くと、眼を上げて小さく頷き、ほほえまれた。

この詩人の目くるめくメタファー（隠喩）は「トランストロンメルの絵」として広く知られる。異なった要素を持つ言葉を結び合わせ、簡素な日常語に最大の機能を与えて描き出すこの絵は、読む者の心に深い共感を呼び起こし、その痛みを慰める。この稀有な詩質には北欧の情感が濃い。ストックホルムよりバルチック海に至る水路に浮かぶ母方の家の島での自然との接触が、その起源であろうか。氏はその作品の中でも、憩いのためにも、しばしばこの多島海に回帰する。

心理学者である詩人はピアノの演奏にも優れる。深い古典の教養に立つ詩才は、十代後半にほとんど成熟を見せ、高い芸術性をもって同時代の文学に強い刺激を与えてきた。刊行された詩集は十五冊で、比較的寡作ながら、翻訳は六十カ国語を超え、世界各地に傾倒する読者を持っている。

重い脳卒中の病報が暗い衝撃と共に流れたのは、一九九〇年の秋のことであった。右半身が不随となり、失語症によって話し言葉も奪われてしまった。しかし、九六年には詩集『悲しみのゴンドラ』（邦訳は思潮社）が出版され、喜びと称賛が寄せられた。病と向き合う詩人の閉塞感や苦悩が直截な表現を取り、悲しみの基調は重く、透明な幻想が生と死の境界に漂っている。この詩集には、日本の俳句に触発されて生まれた三行詩である、こんな「俳句詩」も初めて収録された。

「生きねばならぬわれら／細かく生え揃う草と／地中の嘲笑と」

さらに二〇〇四年には詩集『大いなる謎』が刊行され、病詩人の渾身の努力の結晶として話題を呼ぶ。現在は、この凝縮された俳句詩の詩型が詩的表現の中心となり、左手でコンピューターを操作しながら創作は続けられている。トランストロンメル氏独特の絵画的なメタファーは実存的な彫りを深め、「トランストロンメル俳句」と呼びたい。その作品世界は感傷とも諦観とも無縁で、ユーモアさえ交じる。

スウェーデンではこの新詩集『大いなる謎』について、「素晴らしいフィナーレ」などという解釈を唱える批評家もあった。しかし、詩人ご本人は私に、「これも生涯の記録の一部なのです」と、ピアノの前で寛ぎながら明るく語っておられた。八十歳になられた詩人に、また新たな詩業の展開を期待させていただこう。

（「朝日新聞」二〇一一年十月十八日）

美しい謎

高橋睦郎

トーマス・トランストロンメルの詩は、謎を含んで戦慄が走るほど美しい。たとえば「ふたつの都」というタイトルの四行二連から成る一篇。

海峡の両側にある、ふたつの都
暗くしずまったひとつは　敵に占められたまま。
他方には煌々と耀《かが》やく灯火。
その岸辺の明るさが暗い側を魅了する。

わたしは夢幻のままに泳ぎ出る
きらめきの揺れる暗い水中に。
と、耳をつんざくチューバの大音響
ある友の声だ、行け、墓を離れよ。

　修辞の上で難解な言葉は一つもないが、謎は残る。「ふたつの都」とは何か。歴史のどの時点かにヨーロッパの何処かに現実にこんな二都があったのか。

　これは詩人自身の個人史における身心の事態をうたったものと考えてみる。「敵に占められたまま」「暗くしずまったひとつ」は脳卒中の結果、不随となった右半身、「煌々と」「灯火」の「耀《かが》やく」「他方」は生き残った左半身。「夢幻のままに泳ぎ出る」のは詩作への情動を指すのかもしれない。

　この暗喩解釈のヒントの一つは別の一篇「四月と沈黙」の直喩の三行「みずからの影に運ばれるわたしは／黒いケースにおさまった／ヴァイオリンそのもの」。最終連のやはり直喩「手の届かぬ距離で微光を放つ／質屋に置き残された／あの銀器さながら。」も「煌々と耀やく灯火」を連想させる。

　では、「暗くしずまったひとつ」は詩人という危うい存在で、「煌々と耀やく」側は実在としての詩なのか。詩は問いかけであるとともに回答であり、その回答はあらたな問いかけでなければならないというのが、私の基本的な詩の定義の一つだが、この定義にこれほどぴったりの作品も珍らしい。

　しかも、トランストロンメルはこれらの凄絶な詩行を、自らの受難において獲得している。これまた、真正の詩人はかならず運命を持っているとの、私の基本的な詩人の定義にみごとに当て嵌まる。

運命といえば、トランストロンメルの俳句との出会いも、運命的としか言いようがない。事実上の出会いは若年なのだろうが、真実の出会いは罹病以後というべきではなかろうか。たとえば、次の一篇。

木の葉が囁いた
猪《いのしし》がオルガン演奏中だと
と　鐘々が鳴ったのだ

原作ではげんみつに五・七・五シラブルから成るという、この緊張に満ちた三行詩は、やはり詩人の受難から生まれたものだろう。いま、全詩集の日本語訳と出版が切実に期待される詩人だ。

(2011.10.13)

トランストロンメル俳句

齋藤愼爾

第一回の正岡子規賞の選考会でのことだから一昔前になるが、委員のひとりが、「俳人がノーベル文学賞を受賞する日も近いね」と発言した。大方の委員たちが頷くなか、私は「まあそれは無理だろう」と水を差す懐疑派であった。

そもそも正岡子規賞は創設当時から、「俳句界のノーベル文学賞」を意識していたことは否定出来ない。四年に一度、五百万円の賞金というのも、俳句の賞では異色であった。そのこと自体が、本賞での受賞などありえない、という諦念の所在を証していたともいえる。

しかし動機は何であれ、世界的な視野で受賞者を選出しようとしたことは事実である。賞を権威あるものにするには、受賞者はそれこそノーベル文学賞の候補になるような大家でなくてはならぬ。かくてサリンジャー（彼は小説の中で俳句を引用した）やオクタビオ・パスらも候補にあがった。パスが九〇年にノーベル文学賞を受け、間もなく死去していたことを失念していたのである。

私たち調整委員（城戸朱理、対馬康子ら）が選んだのは、イヴ・ボヌフォワ（一九二三―）だった。『芭蕉論』を始め、俳句に関する論考が多い。二回目の受賞者が、ゲーリー・スナイダー（一九三〇―）、彼は五七年に『奥の細道』を訳（林屋永吉と共訳）し、俳句も作る。「俳人のノーベル賞はありえない」という私の意見は、海外の作家たちにより、刻々、粉砕されていったのである。三回目が金子兜太である。

四回目が日程にのぼろうとしている矢先き、オリンピックの競技トライアスロンに似た名のトーマス・トランストロンメルのノーベル文学賞の報である。授賞理由の「凝縮された透明度のある描写を通して、現実に対する新たな道標」云々が、俳句を定義している。当人は俳人としても著名で、蕉風ならぬ「トランストロンメル俳句」と冠付きで顕彰されている。

三行に詩を分かち書きした俳句詩は、短歌の石川啄木、俳句で多行形式を実践した高柳重信を想起させる。九〇年に脳卒中を患い、会話が不自由になったものの、作句意欲は毫も衰えなかったという履歴は森澄雄の生き方に重ね合わせられる。

俳句を少しでも多く味読してもらうために、ここでは一行表記にしたい。スウェーデン在住四十余年のエイコ・デューク女史の訳が見事だ。

「高圧線の幾すじ／凍れる国に絃を張る／音楽圏の北の涯て」（デューク訳、以下同じ）。俳句の形式に変奏すると〈高圧の架線絃張る北の涯〉とか〈北涯の果てに凍てをり高圧線〉とでもなろうか。「つがいの蜻蛉／固く絡んだままの姿／揺らぎ揺らいで飛び去る」は、〈蜻蛉のつがいしままに飛び去れり〉とか〈はるかよりつがいの蜻蛉わたりづれ〉になるか。

「生きねばならぬわれら／細かく生え揃う草と／地中の嘲笑と」を〈夏草生ふわれらが生もかくあらじ〉。「女ひとり濯ぎもの干す／しじまの裡に。／死はそよとも動かず。」は、〈濯ぎ干すしじまのなかの露台かな〉もしくは〈死がちかし女しじまに衣干す〉。読み進むうちに幻想・幻覚をともなうトランス状態になる。

「地の底深く／すべり動くわたしの魂／彗星のように音もなく。」の超訳は〈星一つ魂燃えつつ流れけり〉〈地の底をくぐる魂魄星の界の〉。「少年がミルクを飲み／おそれもなく眠る独房／石造りの子宮」は〈少年の熟睡《うまい》や独房は石の子宮〉

若き日、トランストロンメルは正岡子規に親しみ、子規のことを、「死の板にいのちのチョークで書く詩人」と評したらしい。こんな言い方をした子規研究者も俳人もいない。〈糸瓜の蔕《へた》命終の墨汁で書く詩人〉と言っていた私など一笑に付されるであろう。備忘録のために、エイコ女史の「解説」を摘録したい。詩人と俳句の出会いは、一九五〇年代（つまり十代）に遡るとか。この時期の詩論に、「俳句型――ヴィジョンがこの三行に入り込むのは、サーカス芸人が二十米の高みから水を張った小桶を目指して跳び込むようなもの。自身も砕けることなく」の章句があり、友人に「十七文字の俳句は厳しい形、其処にある自由は針のめどを通すほどしかない」と書き送るなど、俳句定型の厳格さに自覚的であることがわかる。

(2011.10.17)

(トランストロンメル、不思議な名前だ——)

野村喜和夫

トランストロンメル、不思議な名前だ。というのも、そのなかにふたつのTRがあり、頭韻のようにひびくし、さらに、transはラテン語起源の語形要素として「を越えて」「別の状態へ」ということだから、メタファーの原義にも通じ、まさに「メタファーの巨匠」と呼ばれるこの詩人にふさわしい。名が体をあらわしているのだ。そしてこの『悲しみのゴンドラ』(訳文がまたすばらしい)にとどまらず、「目もくらむようなメタファーで異なった要素を結ぶ」というトランストロンメルの詩的世界の、より広範な翻訳紹介が切望される。

とはいえ、本書冒頭に置かれた「四月と沈黙」を読むだけでも、トランストロンメルがいかにすぐれた詩人であるかがわかる。第一連、春はよろこびの季節のはずなのに、「溝」の水は「ビロードの昏《くら》さを秘め」「映像ひとつ見せぬ」と語り出される。ただでさえ北欧の春は暗く寒々しいであろうが、そこにおそらく、重い脳卒中に倒れた詩人の内景が重ねられているのである。第二連では、やや神秘の雰囲気とともに、「黄色い花叢《むら》」がそこだけ光のあたっている場所として浮かび上がる。

こうして、暗と明、死と生のコントラストが描き出されたあとで、第三連、ようやく作中主体「わたし」に焦点は結ばれるのだが、それはまず、軽い換喩的な視点の相対性をともなっている。なぜなら、ふつうは人が自分の影を運んでゆくのに、ここでの「わたし」は逆転して「みずからの影に運ばれる」のであるから。なお、運び運ばれるこの関係にもtransの意味が忍び込んでいるかのようだ。

ときあたかも第一の隠喩が書き記され、「わたしは」「黒いケースにおさまった/ヴァイオリンそのもの」だとされる。自身を楽器にたとえるのは、詩の音楽性に長け、みずからもピアノを演奏するこの詩人ならではであろうが、しかしそれは「黒いケース」に収まっていて、外から見られることもなければ演奏に供されることもないのである。ここにはあきらかに柩への暗示があり、つまり第二の隠喩が書かれることなく示されている。

ふと私は思い出すのだが、ある日、老人が街を歩いていたら、柩を載せた荷車と出くわす。柩の蓋を開けると自分の顔がのぞけるではないか。そういう悪夢の映像が、たしか同じスウェーデンの映画監督イングマル・ベルイマンの映画のどこかワンシーンになかったであろうか。また、柩のイメージは表題作「悲しみのゴンドラ」の「ゴンドラはいのちを重く積み運ぶ、簡素で黒いそのかたち」というリフレインにも及んでいる。

「四月と沈黙」に戻って、最終連はふたたび光のパートだ。詩はここでコーダにふさわしく一挙に深さとひろがりと謎とを獲得する。「わたしのいいたいこと」、それはふつうなら「わたし」の内部にあり、発話行為として外在化されるわけだが、ここでは驚くべきことに、「手の届かぬ距離で微光を放」っているというのだ。第三の隠喩である。そこには、脳卒中の後遺症で言語障害を負ったという詩人の苦悩が読み取れるが、それだけではない。「わたしのいいたいこと」は、「微光」というメタファーによって、つねにすでに「わたし」に先立って、むしろ世界の深みから——沈黙そのものとして——浮かび上がってきたかのようにあることが明かされるのである。詩人はそれを、より具体的に、かつ、ややアイロニーをこめて、質屋に置かれた「銀器」のイメージへとさらに移し変えてゆく。

このように読んでくると、溝、花叢、黒いケース、柩、微光、銀器、沈黙——それら現実には異質にあるいはばらばらにしか存在しない事物や事象たちが、主体を介した微妙な明暗の移りゆきのうちに喚起されつつ、神秘で緊密な言葉のネットワークを織りなしてゆくさまがみてとれよう。これがメタファーの詩学だ。メタファーの組織は世界を別様なあり方のほうへとずらし、あるいはそのふたつをいわばパランプセスト化して、われわれをある種の眩暈の体験へと導く。もはや内界もなく外界もなく、生と死のへだたりもなく、あるのはただ、それらの境域から漏れ出るもうひとつのトランス、陶酔もしくは忘我を意味する trance だけだ、というふうに。

すなわち、重いテーマが扱われているにもかかわらず、しばしば官能にも近いよろこびをもたらす詩。それはすぐさま、私にはパウル・ツェランを想起させるが、じっさい、「光がわたしに追いつき／時を折りたたむまで」というような簡素で緊迫した詩行は、どこかしら「死のフーガ」の詩人との類縁性を匂わせている。それはまた、俳句に学んだ実験的な短詩の試みである一連の「俳句詩」にもうかがわれるであろう。こうして、trance を絡ませてすすむ trans のネットワークは尽きるところを知らない。トランストロンメル、不思議な名前だ。

(2011.10.17)

T・トランストロンメル「俳句詩」との出合い　黒田杏子

加賀の松任（現白山市）で開催された第九十五回千代女全国俳句大会は例年を上まわる一八〇名が全国から集い盛会であった。これまで何度も招かれていながら、千代女の没年が七十三歳。現在の私の年齢であることにことしはじめて気付いた。

若くして夫と死別、娘にも先立たれたのち実家に戻り、俳諧一筋、五十一で素園尼となった。健脚であったので江戸にも京都、吉野にも北陸から出かけている。菩提寺ではないが、北国街道に面した真宗大谷派の聖興寺には千代尼塚や千代尼堂があり、杖や頭陀袋《ずだぶくろ》、網代笠などが大切に保存・公開されている。

　五十一歳の折、第十一次朝鮮通信使来日の際には、加賀藩の依頼を受け扇面に染筆、贈答品として朝鮮側に渡されたのであった。

　先代のご住職中野徴先生にも久々にお目にかかった。病後とのことで、鶴の如くに痩身となられたご老僧から、「千代尼塚前の白萩で仕立てた筆です」と手渡された細身の一管が有がたく大切にして帰宅したところ、留守電のランプが明滅している。

　思潮社の小田久郎会長のお電話にびっくりする。本年度ノーベル文学賞受賞者トーマス・トランストロンメル氏の記事はいくつかの新聞で眼にしていた。とりわけご自宅の庭で受賞の記者会見に臨まれての写真。おだやかで品格に満ちた表情と両眼のかがやき、そして何より右手を支えるがっしりとしたステッキの存在感が印象に残っていた。しかし、このスウェーデンの国民的詩人の作品もましてや「俳句詩」については全く知ることがないのであった。けれども遠い昔から、常に私を導いて下さっている馬場禎子さんとそのパートナーの文芸評論家中堂高志氏が私を推挙されたと知り、光栄なこととして、ノーベル賞受賞者の「俳句詩」にともかく学んでみようと決心をしたのであった。

　一九九六年に思潮社から刊行された『悲しみのゴンドラ』はもう残部が無いとのこと。送られてきた貴重な一冊を私ははじめの頁から筆写してゆくこととした。この詩集の中に、「俳句詩」は二ヶ所に別れて収められている。山積する仕事を投げ打って、この一冊を私は手で一行ずつ写経のように書き写してゆく。

　もともとワープロもパソコンも使わない。現在もすべて手書きで仕事をさせて頂いている。俳句は筆写にはもってこいの詩型。心をこめて書き写してゆくうちに、原句の言霊が私の右手から脳に伝わり、さらに胸の奥ふかく沁みわたってゆく。芭蕉のすべての句も『おくのほそ道』も私はこうして筆写してきたので、ほとんど暗唱しているのである。とくに日本語の俳句は漢字とひらがなで成り立っているので、その表記まで正確に学ぶためには、筆写してみることが何よりなのだと私は信じている。古典は筆写するたびに鮮らしく思われ、決して古びることがないことを実感している。

　筆写したトーマス・トランストロンメル氏の詩作品と「俳句詩」はその訳がよいのであろう。ぐんぐんと私の身と心の奥に沁みこんでゆく。とりわけ次の「俳句詩」が私の内に棲みついている。

高圧線の幾すじ
凍れる国に紘を張る

音楽圏の北の涯て
＊
生きねばならぬわれら
細かく生え揃う草と
地中の嘲笑と
＊
木の葉が囁いた
猪《いのしし》がオルガン演奏中だと
と　鐘々が鳴ったのだ
＊
そして夜が
流れ入る　東から西へと
月の速さで
＊
樫の樹々と月
あかるく声のない星座
このつめたい海
＊
宮殿の庭の
モザイク板にも似て
静止する思索
＊
あるまなざしの
大きな翳に　わたしは遭った
闇の閉ざしのなか

筆写しながら、私はいたましい脳片側の暗転により、言葉と右半身の不如意のままに、日々を送ってこられたこの詩人から、一句ごとに深い慰さめと励ましを与えられていることに気付き、充足感とともにゆっくりと拡大してゆくこの世の時間感覚を体験していた。

さらに、筆写を続けながら、いつかこの詩集と「俳句詩」が、エイコ・デューク氏の日本語訳なのだという事実を忘れていた。

「俳句詩」と称されるスウェーデン語による短詩が、この世に生きる人間とあらゆる動物や植物、さらに建造物や山々や月や太陽、海や舟に至るまでわけへだてなくいきいきと詠みあげられていることに、ここちよい興奮をおぼえていた。

さらに驚き、感動したのは、原語の「俳句詩」つまり、原句はすべて五・七・五の韻を正確に踏み、時に連詩的に構成されているという訳者の文章に遭遇したときであった。

これほどゆたかな日本語に置き換えてくださった女性は。そのプロフィールの中に、翻訳および裏千家茶道に従事の文字を発見した。

私は直ちに親友の裏千家ローマ出張所駐在講師の野尻命子《みちこ》に連絡をとった。東京芸大の油絵科を卒業した彼女は、ローマに住みすでに四十年余り、イタリアとヨーロッパ各国での茶道の普及に尽くしてきている。同時にことし創立二十五周年を迎えた「イタリア俳句友の会」の創立メンバーとして、イタリアと日本をつなぐ文化使節としても縦横に活躍している。

「この五月にストックホルムのエイコ・デュークさんのお宅に招かれて、三日間お茶のお稽古をしてきたわよ」とのこと。毎夏帰国して日本で過す彼女は、イタリア俳句友の会のサポーターでもある私と共に日本の各地を吟行旅行する。ゆくさきざきで、東京は音羽育ちのこの人の日本語は、戦前の東京のよき時代の美しい言葉で懐しい、素晴らしいと誉められるのである。ちなみに私は裏千家「淡交」誌俳壇の選者として十五年を経ている。

ともかく未見のエイコ・デュークさんと私の距離は野尻情報で一気に短縮された。

さらに私はエイコ・デュークさんの紹介されているトランストロンメル氏の語録にも心を打たれた。

「俳句型――ヴィジョンがこの三行に入り込むのは、サーカス芸人が二十米の高みから水を張った小桶を目指して跳び込むようなもの。自身も砕けることなく」

また「十七文字の俳句は厳しい形、其処にある自由は針のめどを通すほどしかない」

さらに、正岡子規に対して、「死の板にいのちのチョークで書く詩人」と。

子規は二〇一一年のことし、没後百十年。去る九月十九日の子規忌（糸瓜忌）に、私はゆくりなくも松山の子規記念博物館のホールで、「子規さんのご恩」というお話をさせて頂く機会を与えられた。生涯に二万四千句を詠み、三十五歳でこの世を発った子規は百年前、明治二十九年の三陸沖地震と津波の折には病床にあった。画家の中村不折ほかのメンバーを特派員として現地に派遣、臨場感あふれる被災地での不折のスケッチなどをもとに

皐月寒し生き残りたるも涙にて　子規

の一句を新聞「日本」に発表してもいる。

もとより俳句は日本の国民文芸。日本では老若男女あらゆる人々が日々句を詠み記している。

芭蕉、千代女、子規そしてトーマス・トランストロンメル氏に共通しているもの。それは限られた時間をこの世に生きて在る人間としての、生きとし生けるものへのいとおしみ。自然と人間とのたましいの響き合い、共振ではないか。

俳句という世界最短の詩型が人間にもたらしてくれる恵みは無限無際であり、俳句という詩にとって、すでに国境は消失して久しいのだとの事実をこのたびあらためてしみじみと実感、確認するばかりである。

(2011.10.18)

黒いケースの中の詩人

井坂洋子

『悲しみのゴンドラ』は、行替えや散文詩、連詩、俳句詩など形式も多様だが、中身のほうもあちこちを向き、それぞれの研ぎ澄まされた小宇宙が、詩集という無辺なる世界を漂っているような具合で、大摑みにどのような内容か喋りにくい。ひとつは詩人が、状態を喩によってさしだし、それ以上の無駄口をたたかないからだろう。ただし、こむずかしい詩ではない。あえていえば春の景色などの自然を材にしたり、政情の不安や、生と死の間を揺すられている私たちの儚さをめぐって書いたりしている。

全体にかっちりした落ちついた書き方なので、肉声は聞きとりにくく、喩の冴えがめだつ。たとえば冒頭の「四月と沈黙」からしてそうだ。蘇りの季節である春を、「春は不毛に横たわる」といい、「みずからの影に運ばれるわたしは／黒いケースにおさまった／ヴァイオリンそのもの」と一瞬にしてこちらの胸に強く刻み込まれる自身の状態を述べる。みずからの影の中で身動きならない様子を、黒いケースにおさまったヴァイオリンだという直喩はすばらしい。

「わたしのいいたいことが　ただひとつ」あって、その微光が「質屋に置き残された／あの　銀器さながら」という結びの四行は、前二行が隠喩であり、それを後ろ二行で形容する（これは直喩）という複合喩になっている。複合喩は他にもある。

まだらの蝶が地面に姿を没するように
悪魔が開かれた新聞の紙面に紛れこむ。
（「不穏の国」）

最初の一行は、次の行を形容する直喩であり、「悪魔が〜」は隠喩なので、これも複合しているのだ。「悪魔が〜」だけでも意味としては充分なのだけれど、その直截性を嫌うのだと思う。

十一月が固い石のキャラメルをもてなす。
思いもよらぬことだ！
ちょうど　世界の歴史が
見当違いなところで笑うように。
（「十一月――かつてのＤＤＲ（東独民主主義共和国）にて」）

一行めの隠喩を「思いもよらぬことだ！」という説明の行を挟んで後ろ二行で形容しているこのくだりも複合喩だが、形容句とはいえ、どちらかというと政治的な後ろ二行の方に比重がかかっている。こうした意外な組み合わせと、複雑な構造によって、作者は用心深く詩の背後にまわり、直接物をいわない。プロパガンダの底の浅さに、用心深いのかもしれない。

それにしても、十一月の光が小石にあたって溶けだすようだということを述べている一行めに、光の詩人の腕前を感じる。

私は「光の流入」という詩が好きなのだが、冒頭の詩と同じようにこちらも春の景色を描きながら、感触はまるで違う。こちらは、光が生きもののように（それも龍！）街をすばやく縫い、流れていく様子に、活写ということばが浮かぶ。「宇宙の彼方の怒れる火の海が／地球に届いて愛撫に変わる」という光の優しいみなぎり方も印象的だ。冒頭の詩が不毛の春なら、こちらは春の祝祭。その両極を一つの詩集に収めているというのも面白い。

好きな詩はまだある。「子供であるかのように」はタイトル通りに可愛らしい詩だが、「いいようもない侮辱」や「大きな屈辱」とは一九九〇年秋に六十歳で脳卒中をおこして倒れ、その後遺症を今も引きずっていることを指しているのだろうか。けれども詩人の筆は、自然の景などつまみつつ、軽やかだ。エイコ・デュークという見事な翻訳者の力も、感じる。

表題作の連詩は、リストのピアノ曲による。プレイボーイで社交界の華だったリストは、晩年宗教的なものにめざめ、聖職者の生活を送った。そしてワグナーの死を悼み、ピアノ曲を二つ作曲した。そのひとつが「悲しみのゴンドラ」だ。この二つのピアノ曲は、無調の前衛的なものであり、詩人は曲の不可思議さ、その重みに感嘆しているように思える。

Ⅶ章は、連詩の後半の山場だが、これはワグナーの楽劇「パルシファル」の中の小さな曲を、数々の編曲で有名だったリストがピアノ曲にした、そのことを踏まえて書かれている。黒いゴンドラを前にして、リストの音楽家としての命のたぎりが伝わってくるような力作だ。

エイコ・デュークによれば「芸術家の肖像詩は、この詩人の著名なテーマの一つ」であるらしい。彼女は、この詩についてこうも述べている。「一八八二年冬のヴェニスを舞台に、リスト、娘コンマとその夫リチャード・ワグナーを仮面劇のように描き出す」と。

その詩から百年以上たった一九九〇年に舞台を移し、自身の白昼夢のような詩を折りまぜた「悲しみのゴンドラ」は、リストの無調のピアノ曲にも劣らぬ前衛的な詩であるとも思う。老いても詩は若々しい。また、私はこの詩人のこれまでの詩集の色調を知らないので、間違っているのかもしれないが、病後はじめて出版された十二冊めのこの詩集に絶望や嘆きなどを感じとれなかった。美しい自然や音楽や培われた教養、そして（詩の）ことばに心をあずけて、「行け、墓を離れよ」（「ふたつの都」）ではないけれど、明るい岸へ泳いでいこうとしていると思う。黒いケースの中に閉じこめられている彼だが、音がならないといっても、ヴァイオリンの弦が切れているわけではない。やはり美を奏でる楽器であることは変わりないのである。

（2011.10.18）

すぐれた絵画性と稀有な音楽性

——スウェーデンが生んだ世界的詩人の本邦初訳詩集

中堂高志

トーマス・トランストロンメル（Tomas Tranströmer）という詩人を、北欧はスウェーデン、ストックホルムの東に位置する多島海に、詩作ということばの遊弋にひとり身をあずけているることを、私たちの多くは知らない。氏は一九九〇年（六十歳）脳卒中で倒れ、その後身体の不自由と失語症に喘ぎながらただ左手によってピアノを静かに奏でているのだが、その音のもたらすさまざまな色合いも、何ひとつ知らずにいる。筆者は以前北欧に暫く在住していた者だが、厳寒の夜のストックホルム市のガムラスタン（旧市街）の暗澹とした空の下、どの露地もひたすら静謐でありどこにも寄る辺がなく、後はただ中世の業火を手さぐりで探さねばならないかのような張りつめた空気をいま思いおこす。スウェーデンの国柄そのものが、私たちが現住するフージィな湿気の中で呼吸する、いわゆるクリマとはまったく別の様相をそれは示している。

このたび思潮社から上梓されたトランストロンメル氏の『悲しみのゴンドラ』は、以前に発表された作品の一部に加えて闘病中新たに生みだされた詩篇と十余りの短詩形俳句から成り立っている。病後初の詩集ということで、スウェーデン国内のみならず国外にも多くの波紋を投げたといわれる。氏の作品は四十五ヶ国に及ぶ翻訳によりすでに世界的な高い評価を受けているにもかかわらず、本邦で詩集として組まれたのは初めてである。

さて、少ない紙面でトランストロンメル氏の詩の精髄を語ることは無理と思われるし、それは筆者の及ぶところでもない。この詩集を味読することの困難さを前にして、さし当り思い浮かぶことばがあるとしたなら『中世の秋』の碩学ホイジンガーの次の一句と考えられよう。「賢者がしゃべり疲れて黙るとき、詩人がそこに登場する」と。となれば、トランストロンメル氏は賢者でないことになるのかもしれない。賢者が疲れ果て黙ってしまうところから始まるものがあるらしい。何が始まるのだろうか。残されたものは歌うことか、奏でるということになるのだろうか。いずれにせよそれは言の葉でなくなっていて、言の葉を媒介とした〈音の波〉として捉える以外になくなる。がいかんせん、スウェーデン語によって湧きでる音の波を私たちは感得できない。できないというより、音の波から広がるその抑揚ないし余薫を感知することの至難さに突き当る。詩は意味でも内容でもない。意味と内容を語るとその途端に人は賢者となるのだから。私のさかしらな憶測よりは訳者の簡潔な言辞に耳を傾けてみたい。

「目も昏むようなメタファーで異った要素を結ぶ特質が長い間この詩人の稀な才能とされ、その簡明な言葉で描き出される絵の新鮮さで多くの魂を魅了して来たのだが、新詩集には悲しみの基調が重く、閉鎖感と苦悩がより直截に描かれている。ときに謎めくが、氏の作品に親しんだ者は、ある部分は沈黙裡に奏でられる音楽に聴き入るように、やがて共鳴が響き出す。超絶的なものの神秘な存在感は氏の詩想に絶えず流れたものである。」

『悲しみのゴンドラ』を訳されたのは、スウェーデン在住三十余年のエイコ・デューク（Eiko Duke）女史である。女史はストックホルム大学で学びその後翻訳家としてまた裏千家茶道の教師として、日本とスウェーデンとの文化的交流の仕事を続けられている。数ある訳業のうちには大江健三郎、村上春樹の作品などもある。今回のトーマス・トランストロンメル氏とは昵懇の間柄であり、女史の存在なくしては新詩集の訳出もなかった。詩人を最も深く理解する人としてその理解に裏打ちされた訳詩は、著者の教養が遠くホラチウスやサッフォーの韻律をふまえたものというから、文字通り容易なことではない。原詩の深い洞察から日本文学（文字）についての対応の素早さ語彙の豊かさが要求されて来る。ひとりの人のくたびれきった該博な知識の果て、あるいはその狭間から突然吹きでて来たかのような風（歌）を聴きとめるというのは難儀のわざと思われる。「光」「音」「旅」の主題はこの詩人・音楽家の特徴とされるが、それらはどのような起伏を経ながら、自在であると同時にどんな変幻を見せて来るかもしれない。ときに歪んだ宝石のような怪しい輝きを放つ。冒頭の「四月と沈黙」の一篇をあげよう。

「春は不毛に横たわる。／ビロードの昏さを秘めた溝は／わたしの傍をうねり過ぎ／映像ひとつ見せぬ。／／光あるものはただ／黄色い花叢《むら》。／／みずからの影に運ばれるわたしは／黒いケースにおさまった／ヴァイオリンそのもの。／／わたしのいいたいことが　ただひとつ／手の届かぬ距離で微光を放つ／質屋に置き残された／あの　銀器さながら。」

西欧がその歴史（行為）においてやるべきことをやったあげくに辿り着いた悲しみとか閉鎖性のありかを、筆者が認識できたとは思わない。「郭公」と題する詩文の一部から。

「わたしはもはや旅することにさほど心を惹かれなくなった。だが旅の方がわたしを訪れて来る。わたしが徐々に一隅に押しやられ、年輪を加え、読むにめがねを要するこのときに。とても担いきれぬほどのことがいつも起きるものだ！　驚かされることはもう何もない。このような想いが私を支えているのだ」

詩人は音楽の造詣が深く、その遍歴は中世から現代に及ぶと想定される。表題の「悲しみのゴンドラ」の名もフランツ・リストの同名の曲（一八八二年）によっているが、ピアノは著者生涯の伴侶に等しく、黒鍵と白鍵は詩人の精神の彩りをあらわし続けている。始めに言葉ありきではなく始めに音楽ありきであったに違いない。音楽は生来のものとしてこの人の魂をふるわせていたのだった。言葉による表白は何か余計なものとなって、とうの昔に絶望していたかと推察されるのである。

最後に氏の日本の俳句への関心についてであるが、これも音楽との関連として捉えられぬこともない。短詩形もいきつくところまでいくと、音による瞬間の粒となり弾ける。意として解き明かす手立ては美の造作において必要がなくなる。〈音の波〉の小さなぶつかり、不意な唐突さが求められて来るのだ。「森の深みに迷った者だけが見出す思いがけぬ空地がある」(「空地」『真実のとりで』一九七八年)と詩人が言うとき、その思いがけぬ空地とは、何やら音楽でいうアンプロンプチュ(即興)を想わせるのである。即興とは精神の瞬時の緊張と同時にいくらかの弛緩さを合わせ持つ。それはまた遊境の空間であり、そんな遊びの場と同性の諧謔も育つところとなる。思いもかけない音のそれは転びなのだ。トランストロンメル氏は大病後ますます俳句形短詩に心を寄せておられると聞く。心理学者でもある詩人は、人間の精神のゆく末を、頭脳のいわば輪切りのうちに秘められた点描として感知しているのかもしれない。言の葉のモデュレーション(転調)が音の化身となり小さく崩れ落ちいつかは消え去る刻を見定めているのだろうか。

蘭の花の窓
すべり過ぎ行く油槽船

月の満ちる夜

里程標のひとつづき
みずからさまよい出たかのように
聴え来る山鳩の声

二句しかあげられないことを惜しむ。ちなみにトランストロンメル氏が日本の明治の俳人正岡子規についてこんなことを言及しているが、外つ国の人の言伝つとして私たち誰もがかつて聞いたことがないのである。

〈死の板にいのちのチョークで書く詩人〉

(「図書新聞」一九九九年三月二十日)

悲しみのゴンドラ
Sorgegondolen

トーマス・トランストロンメル
Tomas Tranströmer

エイコ・デューク訳
Eiko Duke

思潮社
shichōsha

Bonniers photo

悲しみのゴンドラ　*Sorgegondolen*

目次

装幀
Jan Biberg

悲しみのゴンドラ　*Sorgegondolen*

四月と沈黙

春は不毛に横たわる。
ビロードの昏《くら》さを秘めた溝は
わたしの傍をうねり過ぎ
映像ひとつ見せぬ。

光あるものは　ただ
黄色い花叢《むら》。

みずからの影に運ばれるわたしは
黒いケースにおさまった
ヴァイオリンそのもの。

わたしのいいたいことが　ただひとつ
手の届かぬ距離で微光を放つ
質屋に置き残された
あの　銀器さながら。

不穏の国

身を乗り出して局長は×印を一つ描き
彼女の耳飾りがダモクレスの剣[*1]さながらに揺れる。
まだらの蝶が地面に姿を没するように
悪魔が開かれた新聞の紙面に紛れこむ。
空《から》の冑《かぶと》がかぶり手もないまま権力を握った。

水の下では飛ぶように逃げ去る母親亀。[*2]

＊1　ギリシャ伝説から：古代シラキューサの廷臣ダモクレスが王から受けた処置。頭上に馬の尾一すじで、剣先を下に吊された剣。絶えず頭上にある危険の象徴。

＊2　オリエンタル天地創造の神話から：水の下の母親亀が地上を支える。

夜の記録から

五月のある夜　わたしは上陸していた
冷たい月光の中で
草も花も灰色
だが　香りはみどりだった。

この色盲の夜に
わたしは　斜面を上に向けて滑走し

白い石たちは　その間
月に合図を送っていた。

ひとつの時の枠
数分の長さ
巾は五十八年。

そして　わたしの背後の
鉛色の微光が揺れる水の彼方に
別の岸があって
時めく人たちがいた。

顔の代りに
将来を持つ人びとが。

悲しみのゴンドラ　II

I

老いはじめた男二人、舅と娘婿のリストとワグナーが
　　グランデ運河の岸に住む。
触れるものすべてをワグナーへと変貌させる
　　王ミダス[*1]に嫁いだ
かの気忙しい女とともに。

海の緑の冷たさが床を浸して宮殿にしのび上る。
ワグナーにある刻印、誰も知るそのカスペル[*2]風の横顔に
著しく翳を深めた疲れ
その顔は白い旗。
ゴンドラが重く積み運ぶかれらのいのち、二つは往復
片道がひとつ。

＊1　ミダス王：古代小アジア伝説中の王。触れるものすべてを金に変える力をディオニソスより、ロバの耳をアポロより与えられる。

＊2　コミカルな操り人形の主人公。長い、曲った鼻が特徴。

II

宮殿の窓一つ跳ね上げ　室内の驚きを誘う
　　突然の隙間風。
窓外の水上にはごみ運びのゴンドラの姿、漕ぎ手は
　　片櫂どりのならずもの二人。
リストが書きとめる和音の重さは途方もなく

分析にパドヴァの鉱物試験所に送るべきほど。
まさに隕石群！
休止するには重過ぎて　ただ　沈みに沈み
　　未来の底まで抜け通る
かの褐色のシャツたちの年*まで。
ゴンドラは重く積み運ぶ　かがみこんだ未来の石を。

*褐色のシャツたちの年：ファシズムの台頭期を指す。

III

一九九〇年へののぞき穴

三月二十五日。リトアニアの不穏
とある大きな病院を訪れたわたしを夢にみた。
介護者不在。すべてが患者だった。

その同じ夢に　首尾整った意見を語る
生れたての女のあかんぼが居た。

IV

時の人たる女婿の傍で　リストは　時代遅れの
　虫喰った老大家。だが
それは　ただの装《よそお》い。
深きもの——さまざまのマスクを試しては捨てるあの力が
　これをこそ　彼のために選んだのだ——

みずからの顔は見せぬまま　人びとの内に入り来る意志を持つ
かの深きものが。

V

旅の鞄をみずから提げるに馴れた聖職者リスト
　　みぞれのなかでも　陽光下でも
そして　いよいよ彼が死のうとするときすら　出迎えもいない
　　その停車場。
素晴しいコニャックから温かく漂う香りの魅力だけが

仕事さなかの彼を引き戻す。
彼はいつも　仕事を抱えているのだ。
年間二千通の手紙！
綴り違えた言葉を　帰宅の前に百回書かねばならぬ
学童の姿。
ゴンドラはいのちを重く積み運ぶ、 簡素で黒いそのかたち。

Ⅵ

一九九〇年に立戻って。

夢で私は二百キロ、空しく車を駆っていた。
と、すべてが拡大されたのだ。めんどりほど大きな雀たち
その囀りに　耳もわれそうだった。

夢で私はピアノの鍵を描いていた　台所の食卓の上に。
わたしはそれを弾いていたのだ、音もなく。
隣人たちが　聴きに入って来た。

VII

パルシファル*全曲中沈黙を通した（だが聴き入って）ピアノ
　　さあ　出番、何を語るか。
諸方で深い溜息…sospiri…
今宵リストの演奏は海のペダルを踏みつづけ
海の緑の力は床を浸してにじり寄せ

建物をなすすべての石に充ちわたる。
今晩は　美しく深いもの！
ゴンドラは命を重く積み運ぶ、　簡素で黒いそのかたち。

＊パルシファル：ワグナーの楽劇（アーサー王物語中のケルトの英雄騎士の名）。

Ⅷ

夢を見た　登校始めの日なのに　わたしは遅刻したのだった
室内のすべての顔が白い仮面をつけていた。
誰がわたしの先生か　かいもくわからなかった。

一八八二ー八三年の移行の頃に、リストは娘のコジマとその夫リヒャルト・ワグナーをヴェニスに訪れている。ワグナーの死はその数ケ月後であった。この時期にリストは二つのピアノ曲を作曲し、〃悲しみのゴンドラ〃と名付けて発表している。

太陽のある風景二つ

陽は　この家のすぐ背後をすべり出て
通りのさなかにかかり
わたしたちの上で息吹き
赤い風を送る。
インスブルックよ　わたしはここを去らねばならぬ。*
だが明日は
灼熱の太陽が

いのちを　なかば失った灰色の森にあって
そこで　わたしたちは働き　そして生きるのだ。

＊"Innsbruck, ich muss dich lassen"：オランダの作曲家ハインリッヒ・イサク（一四五〇-一五一七）の歌曲の中の句。
この引喩が目前の風景と、立戻る日常生活の二つの描写の間に置かれている。

十一月——かつてのＤＤＲ（東独民主主義共和国）にて

全能のサイクロプスの眼*が雲に入り
草が炭塵の中で身ぶるいした。
前夜の夢に打ちひしがれたまま
わたしたちが列車に乗りこむと
それが　各駅に停って

卵を産む。

殆ど　物音はない。
響きわたる教会の鐘はバケツのかたち
ちょうど水を汲んで来たような。
そして誰かの容赦もない咳が
そこらすべてに吠えかかる

石の偶像ひとつ　唇を動かす——
それがこの町。
ここでは鉄のように固い誤解がまかり通る
キオスクの店員　肉処理人

ブリキ職人　海軍士官たちの間を
誤解は鉄の固さなのだ、学究達よ。

わたしの眼の何と疼くこと！
土ぼたるランプの弱い光で読んでいたからだ。

十一月が固い石のキャラメルをもてなす。
思いもよらぬことだ！
ちょうど　世界の歴史が
見当違いなところで笑うように。

いずれにせよ　わたしたちはあの響きを聴く

教会の鐘のバケツが水を汲んで来る
水曜日毎に
——水曜日ですって？
そう、日曜とするのはわたしたちの思い込みなのさ！

＊全能のサイクロプスの眼：太陽を意味する。サイクロプスはギリシャ神話中の一つ目の巨人族。ゼウスの火矢を作った、とされている。

一九九〇年七月より

ある埋葬式だった
そして　わたしは　その死者がわたしの想いを
読みとっている気がしたのだ
わたし自身にもまして。

オルガンが沈黙し、囀りがあがった。
墓穴は灼けつく陽光下に開かれていた。

わが友の声は
時の裏側にあった。

帰路の車をわたしは洞察されきって運転した。
夏の日のかがやきから
雨と静寂から
月からも見通されていた。

郭公

家のすぐ北側の白樺に郭公が止まりほうほうと啼きたてた。それは途方もなく高い声で、わたしは初め誰かオペラ歌手が郭公を真似て歌っているのか、と思ったほどだった。驚いたことにその鳥をみつけたのだ。尾羽根は調子につれて上下し、まるでポンプの柄の動きである。鳥は足を揃えて跳ね、向きを変え、四方八方に叫びたてた。やがて枝を離れ、低くののしるように啼き続けながら屋根を越えて遠く西の方に向けて飛び去った……。夏が闌けすべてが一つの愁いをこめたささやぎに漂い寄る。Cuculus canorus[*1]は熱帯地域に戻って行くのだ。彼等のスウェーデンの時期は終った。長いものではなかった！　もともと郭公はザイーレに籍を持つのだから……わたしはもはや旅することにさほど心を惹かれなくなった。だが旅の方がわたしを訪れて来る。わたしが徐々に一隅に押しやられ、年輪を加え、読むにめがねを要するこのときに。とても担いきれぬほどのことがいつも起きるものだ！　驚かされることはもう何もない。このような想いが私を支えているのだ。ちょうどSusiとChuma[*2]がリヴィングストンのミイラにしたなきがらを担いでアフリカを横断したあの忠実さで。

＊1　Cuculus canorus：郭公のラテン名

＊2　Susi と Chuma：リヴィングストン博士の二人の忠僕。

三連の詩

Ⅰ

騎士とその妻
石と化してもなお倖せ
空を飛ぶ柩の蓋の上に
時の流れのそとで。

Ⅱ

イエスが示す貨幣に

刻まれたティベリウス*の横顔
その横顔に愛は不在
流通する権力。

III

流れ行く剣《つるぎ》が
消し去るあまたの記憶
地中に錆びる
トランペットと剣帯。

*ティベリウス：ローマ第二代の帝王

子供であるかのように

まるで子供であるかのように　このいいようもない侮辱を
袋のように　ひとの頭に被せこんだのだ
陽光は袋の織り目越しにちらつき
桜の樹のさざめきも聴えはする。

だがそれではどうにもならぬ、この大きな屈辱が
頭も胴体も膝までも覆いつくして

散発的に身動きはしてみるが
春のよろこびも湧きはせぬ。

まあいい、ちかちか光るこの帽子を顔まで引き下げ
編み目を通してみつめることだ。
入江には無数の水輪《みなわ》が音なく寄って重なり合う。
青葉の繁りに地面は昏い。

ふたつの都

海峡の両側にある、ふたつの都
暗くしずまったひとつは　敵に占められたまま。
他方には煌々と耀《かが》やく灯火。
その岸辺の明るさが暗い側を魅了する。
わたしは夢幻のままに泳ぎ出る
きらめきの揺れる暗い水中に。

と、耳をつんざくチューバ*の大音響。
ある友の声だ、行け、墓を離れよ。

*チューバ：大型吹奏器。荘重な音で金管楽器の最低部担当。

光の流入

窓のそとは春の長いけもの
陽光が透明な龍となって
流れ過ぎる　まるで終りのない
郊外電車のように——頭は見る暇さえなかった。
海沿いの家々は横手に移動し
蟹たちのように誇らしげな風情。

陽は彫像たちをも瞬かせる。
宇宙の彼方の怒れる火の海が
地球に届いて愛撫に変わる。
秒読みは始まった。

夜の旅

わたしたちの下には群衆の雑踏。列車の動き。
ホテル・アストリアに揺れが走る。
ベッド傍のコップの水が
トンネル毎に光りをともす。

彼はスバルバード*に囚われの身となった夢をみた。
惑星が唸りつつ回転していた。

きらきらするまなざしは氷群の上をわたるのだった。
奇跡の美の存在。

＊スバルバード：北極海に点在する群島。ノルウェー領。

俳句詩

I

高圧線の幾すじ
凍れる国に絃を張る
音楽圏の北の涯て

*

白い陽

孤独なジョギングの行くては
死の青い山

*

生きねばならぬわれら
細かく生え揃う草と
地中の嘲笑と

*

陽ははや低い
われらが影は巨人のもの
瞬時に落ち来る闇

II

蘭の花の窓
すべり過ぎ行く油槽船
月の満ちる夜

Ⅲ

中世の城砦

異境の街　スフィンクスのつめたさ

無人の競技場

＊

木の葉が囁いた

猪《いのしし》がオルガン演奏中だと
と　鐘々が鳴ったのだ

*

そして夜が
流れ入る　東から西へと
月の速さで

Ⅳ

つがいの蜻蛉
固く絡んだままの姿
揺らぎ揺らいで飛び去る

*

神がここに

囀りのトンネルの裡で
鎖した扉が開かれる
*
樫の樹々と月
あかるく声のない星座
このつめたい海

島から、一八六〇年

I

女が船着き場で濯ぎ洗いしたある日
入江の冷えが腕から伝い上り
その生涯に入りこんだ。

涙は凍りついてめがねとなった。

島はみずから草を摑《つか》んで身を起し
鰯の旗が水底深く揺らめいた。

II

そして疱瘡*の浮遊群が男に追いつき
その顔にとりついたのだ。
彼は　横たわり　天井をみつめる。

沈黙の流れをさかのぼって　思いはいかに漕がれたことか。

このまま永劫に膿みつづける痘痕
このまま永劫に血を流す　出血瘡。

＊一八六〇年のスウェーデンでは天然痘の全国的な蔓延が記録されている。

沈黙

行き過ぎるがよい、彼等は葬られているのだ…
雲ひとつ　太陽のおもてを掠めゆく。
飢餓は　夜毎に移動する
ひとつの高層建造物
寝室の中に　エレベーターのシャフトが開き

暗い空間が内部の域に向けられる。
溝の中の花叢《むら》、ファンファーレと沈黙。
行き過ぎるがよい、彼等は葬られているのだ…
魚のように大きく群れて　卓上銀器が生き残る。
大西洋の大きな深みの底　昏さ極まるところ。

真冬

青い一条の光が
わたしの服から　流れ出す。
真冬。
氷のタンバリンのきらきらしい響き。
わたしは眼を閉じる。
音のない世界が存在し
亀裂がひとつ

死者たちはそこから
ひそかに境を越えて送られる。

一八四四年からのある素描

ウィリアム・ターナー*の顔には褐色の陽灼け
彼は画架を遥かに遠い波間まで持ち出している。
銀緑色のケーブルぞいにわたしたちも深みへ続く。
彼は水を渉《わた》り、死の国の浅瀬に向う。
入って来る列車がひとつ。もっと近くまでおいで。
雨、雨が頭上を通過する。

＊ウィリアム・ターナー：英国の画家（一七七五－一八五一）水彩風景画にすぐれる。初期の古典主義からロマン主義に移り印象主義の先駆者の一人となった。

署名

この昏い敷居を
わたしは越えねばならぬ。
広間がひとつ。
かの白いドキュメントが耀いている。
多くの影が　そこに動き　交錯する。
すべてが　署名しようとするのだ。

光がわたしに追いつき
時を折りたたむまで。

十一月

刑執行人が退屈すると　まったく危険な存在。
燃えわたる空がとぐろを巻く。

独房から独房への合図音が聴え
部屋は凍土を起してうねり上る。

満月のようにひかる石がいくつか。

ファサード

I

道の果てに　わたしは権力を見る
それが　また　まるで葱のかたち
いくつも重なり合った顔が
ほぐれては離れ行く　ひとつ　また　ひとつ……

Ⅱ

劇場は　いま掃き出されて無人。真夜中。
ファサードで　文字たちが　焔のように躍り動く。
答は得られぬままの無数の手紙の謎が
つめたい煌めきの間を沈み行く。

俳句詩

I

ラマ僧院　ひとつ
枝垂れ樹の庭に立つ
戦いの絵図に

*

宮殿の庭の

モザイク板にも似て
静止する思索

＊

急峻のいただき
陽の真下——山羊たち
炎の草を食む

＊

低く霧中に響くうた
遠出の漁船ひとつ——
水の上のトロフィー

Ⅱ

そそけた松が絡みあい
いたましさは　その湿地にも
永劫のわびしさ

*

あるまなざしの

大きな翳に　わたしは遭った
闇の閉ざしのなか

＊

里程標のひとつづき
みずからさまよい出たかのように
聴え来る山鳩の声

Ⅲ

狂人たちの図書室
説話集　棚のひとつに
手も触れられず

＊

天井に亀裂が走り

かの死せるひと　わたしを見るか
その顔

＊

何事かが起きていた
月光が部屋を照しわたった
神の知ること

＊

ひそかな雨の音
わたしは秘密ひとつをささやいて
響き合わせる

＊

歩廊の情景

なんと不思議な静けさ――
内面の声

Ⅳ

背に神の風
音なく来る銃撃――
あまりに長い　ひとつの夢

＊

灰色の静寂

青い巨人が通過する
海よりの　冷たい微風

*

わたしは　そこに居たのだ――
そして　石灰塗りの白壁に
蝿が集まる

*

人のかたちの鳥たち
林檎の樹々は花をつけていた
この大きな謎

解説

『悲しみのゴンドラ』は詩人トランストロンメルの病後最初の詩集である。氏の脳卒中の病報（一九九〇年秋）が暗い衝撃を流しただけに、六年後に送られて来たこの新詩集の投げた波紋は大きく、版を重ねた。失語症以前の作も一部併せて集録されている。

目も昏むようなメタファーで異った要素を結ぶ特質が長い間この詩人の稀な才能とされ、その簡明な言葉で描き出される絵の新鮮さで多くの魂を魅了して来たのだが、新詩集には悲しみの基調が重く、閉鎖感と苦悩がより直截に描かれている。ときに謎めくが、氏の作品に親しんだ者には、ある部分は沈黙裡に奏でられる音楽に聴き入るように、やがて共鳴が響き出す。超絶的なものの神秘な存在感は氏の詩想に絶えず流れたものである。

『悲しみのゴンドラ』以後の新たな三篇の詩と十六の俳句詩を訳に加えた。詩人より直接にいただいたものである。

多島海　島の二つめの船着場〝道〟――この不思議な名は、かつて厳冬期の厚い氷上に屈折を描いた櫖の冬の道の略化の由。下船すると、古風な渡し船は島を回りこんで去り、後には夏の終りの雨に銀灰色に翳る水が拡がっていた。バルチック海からストックホルムへの水路なのである。ルンマル島――かつて水先案内者達が集まり住む要地であったこの島は、いま、トランストロンメル氏の名で知られる。氏はストックホルムの街なか育ちだが、母の家系がここにあり、多島海特有の光と影、懐かしい島人達、自然の中に息づく生命の神秘との接触は氏の詩質の起源となった。

青い家　小径《こみち》を丘に向けて辿ると、青い家が視野に入る。高い赤松の群を背に勾配の強い屋根、目隠しで置き合せたような窓、靄がかった青さの〃子供の絵のような〃家の入口に詩人の微笑があった。流れた時、過ぎ去った人々の記憶を丹念に残した室内で、氏は明るく、温かに寛いで居られ、会話にはモニカ夫人の素晴らしい助けが機能した。御自身訳の外国詩選、米詩人ロバート・ブライとの交換書簡集の刊行が近いことを実に嬉しくうかがった。氏とその周辺に再び静かに動き出したものの気配は階上の質素な書斎でも感じられた。

樫の木　〃樫の木まで歩こう〃――今日の御招待はこれが主眼だった由。西側の入江へ下る曲りくねった道を驟雨が過ぎる。杖を握って一歩ずつ足を運ぶ詩人の後姿は厳しく集中して確かである。脳卒中も倒し得ぬこの水先案内の後裔の剛毅さを考えているとき、樫の大樹の前に出ていた。樹齢千年の聳え立つ姿である。

〃卒然と　旅人の前に立つ　かの老いた
巨大な樫、さながら石と化した大鹿
果しなく拡がる枝角《えだづの》を　九月の海の
　暗緑の砦の前に〃

（『一七の詩』一九五四年）

サッフォーの韻律である。中世以来の文学伝統の濃い高校で詩への接触を拡げ、自身詩作を始めていた十六歳の詩人は、ホラチウスの古典詩にも惹かれ、その韻律で詩を書いたのだった。伝統と新しい創作の独自な連繋が見える。当時は高校文学にとって、類い稀れな良き時代で、各校内誌に英才が輩出、「月桂冠への萠え」としてボニエル出版社がその特集を出していた。この若い詩才はたちまち注目され、詩集によるデビュー以前に非常な評価を得ている。初期の作品の清新なテーマや手法には、後日に通ずる成熟もあった。

手法の形成　パウル・ヒンデミットの絃楽とピアノのための変奏曲「四つの気質」を構造的な角度から同名の詩に表現する試みもこの時期であった。人間の各気質を、名指すことなしに、光、音、旅の三つのテーマに反応させ、新鮮なメタファーによって驚くべき精確さで描き出している。この解釈、表現の手法は簡明さと緊張度を加えながらその後の氏の詩作に発展を見せる。

〃トランストロンメルの絵〃――異った要素を奇蹟的に連繫させる目の昏むようなメタファーには、精密な描写、自ら経験した力と機能があり、装飾や感傷の翳なしに美しい残影を置く。また、日常語に最大の意味をこめ、不思議な真実性で誰もが胸に持つ絵を呼び起して痛む魂を慰める。

〃森の深みに道に迷った者だけが見出す思いがけぬ空地がある……その開いた処に草が不思議なほど緑濃くいきいきと輝いているのだ〃　(「空地」『真実のとりで』一九七八年)

全作品集収録で約二百頁余の寡作だが、その翻訳は四十五ヶ国語を超え、年代、社会層の別なく傾倒する読者を持つ。ヨセフ・ブロッドスキー氏(ノーベル文学賞・一九八七年)もこの詩人の高い詩質を称え、魅力的なメタファーに自身影響を受けたことを書いた。

音楽　だが――詩人はなお、言葉の限界を語る。〃わたしの詩は、本来なら音楽で表現されるべきものの埋め合せといえよう〃。自らのピアノ演奏後のシンポジウム〃詩と音楽〃での言葉である。少年期以来のピアノは詩人の日常を離れず、作品に響き出す。旅先で、その風土のなかの楽譜を探すことを楽しみとしたが、病後は左手の演奏のために世界各地から寄せられた楽譜が詩人の慰めとなっている。夫人と電話中、またお宅を辞するとき、ピアノに託された挨拶に、いつも感動する。

俳句　この音楽性が秀れた言葉の扱いにつながる。言葉をうたわせ、結合、対立に配合する手法は、俳句への近さを思わせる。子規の名への言及が〝死の板にいのちのチョークで書く詩人〟として「讃歌」（『響と軌跡』一九六六年）にあるが、最近示された未発表の草稿から一句を取り上げると、

綴り違えたいのち／美しさはなほ残る／刺青《いれずみ》のように（ヘルビイ青年収監所、一九六〇年）

心理学者として収監の若者達と接触を始めた若い詩人の意識にすでに俳句詩型があった事が解る。『悲しみのゴンドラ』には定型俳句詩が収録され、その後の新作に続く。

雨空ながら夏の夜はまだ明るく、食後のお茶の卓ではモニカ夫人の記憶が、かつてここに坐った訪問者達の個性を次々に呼び出して、最後の船の時刻に慌てるほど楽しかった。桟橋への道を夫人に送っていただいてルンマル島と青い家を辞する。

*

この北欧の秀れた詩質を、是非日本にも――との願いを、スカンジナビア・ニッポンササカワ財団の御助成により、訳本上梓の形に実現させていただいた。感謝に堪えない。また、詩人御自身、トーマス・トランストロンメル氏とモニカ夫人の終始温かな御支援は訳者の倖せであった。寄せられた多くの御厚意には、特に、川口信行氏、中堂高志氏、清水

康雄氏ならびに唐沢俊樹氏の御名を挙げて御礼申上げる。出版の労をおとり下さった小田久郎氏と思潮社編集部、また、スウェーデンの出版社ボニエルのエバ・ボニエル社長にも心からの感謝を述べさせていただく。訳者にとって忘れ得ぬ御援助であった。

エイコ・デューク

ストックホルム　一九九八年十月

トーマス・トランストロンメル俳句抄

『収監所』から

綴り違えたいのち――
うつくしさはなほ残る
刺青のように。

＊

少年がミルクを飲み
おそれもなく眠る独房
石造りの子宮

『大いなる謎』から

鷲の崖（連詩）

飼養場のガラスの陰に
爬蟲たち
奇妙に動かず。

女ひとり濯ぎもの干す
しじまの裡に。
死はそよとも動かず。

地の底深く
すべり動くわたしの魂
彗星のように音もなく。

*

絶望の壁……
行き交う鳩たち
顔は持たずに。

*

炎天下の牡となかい。
蠅が群がり綴じつける

地上への影。

*

十一月の陽……
わたしの巨大な影が泳ぎ
蜃気楼をなす。

*

里程標のひとつゞき
みずからさまよい出たかのように。
聴え来る山鳩の声。

*

ブローエルド*、ブローエルド、あ、そこにも
アスファルトから立上る

物乞いのような姿で。

*ブローエルド＝〝青い火〟。シャゼンムラサキ属の野草。路傍の植物で、夏に美しい青い花をつける。

*

黒白のかささぎ一羽
つづら折に跳ね止まぬ
野を横切って。

*

見てごらんわたしの坐りかた
汀に曳き揚げられた小舟のかたち。
これはしあわせだ。

*

ひそかな雨の青。
わたしは秘密ひとつをささやき
響き合わせる。

＊

歩廊の情景。
なんと不思議なしずかさ――
内面の声。

＊

黙示。
あの林檎の古木。
海が近い。

＊

海は壁をなす
鷗の叫びを聞く――
わたしたちへの合図。

＊

背に神の風。
音なく来る銃撃――
あまりに長いある夢。

＊

灰色の静寂。
青い巨人が行き過ぎる。
海よりの冷たい微風。

＊

大きく緩やかな風が
海の図書室より
この恵まれた憩。

＊

人のかたちの鳥たち。
林檎の樹々は花をつけていた。
この大きな謎。

解説

昨春、ごく小さな刊行が、文学の世界的出来事としてスウェーデンのメディアで大きく脚光を浴びた。既に五十二カ国語への作品訳を持つトーマス・トランストロンメルの詩である。この薄い詩集『大いなる謎』は、氏の二十三歳時のデビュー（『十七の詩篇』一九五四）以来十三冊目、十五年前の脳卒中病災より数えると三冊目の出版に当る。このたびの新著は五篇の短かめの自由詩と四十五句の俳句詩の構成で、この一連の短詩が注目を集め、「終局の大きな謎を前に、老詩人が示した瞬間的なダイアモンドの煌《かがや》き」と讃辞が湧いたのだった。

俳句――一九九〇年秋のいたましい脳片側の暗転から剛毅に再起したものの、後遺として右半身不随と失語を余儀なくされた氏にとりふさわしい表現法となった短詩である。この形式を病詩人は完全に駆使する。多くの自然描写句に、氏特有の緻密な観察と適確な言葉の選択が著しい。その短い形の中で、氏独得の新鮮なメタファーが光るような効果を示す。そして、大作への取組み困難な病体を持つ詩人にとって、俳句の凝縮した表現はまさに適切なのである。

氏の俳句への興味の発端は一九五〇年代にまで遡る。当時翻訳されていた俳句選集への接触であった。少年の頃の古典教養に基き、詩型遍歴を広げていた若い詩人が、この不思議な短詩型に惹かれたのは当然であったろう。句作は当時の西欧イマジニスト達の風潮でもあった。氏の文学的遊びに似た試作がここに始まる。この時期の氏のユーモラスな詩論を一つ。

俳句型——ヴィジョンがこの三行に入り込むのは、サーカス芸人が二十米の高みから水を張った小桶を目指して跳び込むようなもの。自身も砕けることなく。

また、フィンランドの詩友にあてて、「十七文字の俳句は厳しい形、其処にある自由は針のめどを通すほどしかない」と書き送ってもいる。

初期の俳句作品は長い間未発表のままに置かれていたが、二〇〇一年に到って、そのうちの九句が『収監所』と名付けて出版されている。心理学者としての実務にあった詩人の収監中の若者たちへの想いがこめられ、社会的ペーソスが胸に響く。

俳人正岡子規への注視が、「死の板にいのちのチョークで書く詩人」として「讃歌」(『響きと軌跡』一九六六)に含まれているが、この絵は新詩集『大いなる謎』刊行に到るトランストロンメル氏自身の現在の姿に重なる想いを誘う。

病後最初の詩集『悲しみのゴンドラ』(第十一詩集、一九九六)収録の、韻律正しく、変化に富む十一句が、トランストロンメル俳句の詩集初登場であった。以後、氏の詩作は著しい傾斜を見せて俳句詩型へ集中して行く。概して、絵画性に富むメタファーが強い効果を見せている初期の作句には、日本俳句的な美学の影響も見受けられるが、次第に実存的な彫りを深め、日常の中の超絶的なものの存在感、神秘性の表現などを交え、「トランストロンメル俳句」への移行を見せて来た。現在はこの凝縮した形が秀れた詩質表現の残された手段となり、病詩人の左手でコンピューターに向う姿勢が続き、新刊『大いなる謎』に到っている。一九九六年刊行の『悲しみのゴンドラ』には、罹病前に書かれた変化に富む詩材もかなり含まれて、突如沈黙に投げこまれた詩人の閉鎖、苦悩と悲しみの基調に加え、劇的な内容を作ったが、新刊はその後八年間の病詩人の、日々の渾身の努力の結晶、宝石にまさる小詩集といえよう。ここには現在を静かに受けとめ、感謝に似た明るく肯定的な生命観があり、感傷も諦観も無縁。身辺のユーモアや社会批判さえ混る。「素晴らしいフィナーレ!!」などと叫ぶ一部批評家の近視眼的な解釈は当るまい。散見する死や神秘のモティーフはこの詩人の詩想に絶えず流れ続けて来たものである。

刊行後、お目にかかったのは、バルチック海への水路に面した高台の書斎へ伺った折だった。

氏ご自身も、『大いなる謎』への新聞などのもてはやし方をむしろ意外として、「生涯の記録の一部、中間資料のつもりだったのだが」とのことだった。ピアノの前に明るく寛ぐご様子には生活への愛情がたたえられていて、今後の創作への新たな期待さえ抱いて辞した。

老境の病詩人の身辺には驚くほどの活気が動く。新たな授賞、全集刊行、シンポジウム、ポエジー・フェスティバル等々、内外各地よりの招きを、夫人は充分な休養に心を砕きつつ配慮されている。この秋には、デビュー詩集『十七の詩篇』以前の、十代からの作品を集めたトランストロンメル氏の「若き日の詩」出版が決っている。

エイコ・デューク

（「現代詩手帖」二〇〇五年九月号初出）

著者略歴

トーマス・トランストロンメル（Tomas Tranströmer）

1931年ストックホルム生。スウェーデン詩人。心理学者，ピアノ演奏にも優れる。

10代よりそのすぐれた詩才で注目を集め，『十七の詩篇』（1954）によるデビュー以来，スウェーデンの叙情詩表現に驚異的な革新をもたらした。現在，北欧の代表的詩人とされる。心理学者としての実務も併行して来た。

これまでの著作刊行は，『十七の詩篇』（1954），『途上の秘密』（1958），『未完成の天』（1962），『響と軌跡』（1966），『闇の視界』（1970），『小径』（1973），『バルチック海』（1974），『真実のとりで』（1978），『野生の広場』（1983），『生者と死者のために』（1989），『記憶がわたしを見る』（回想記，1993），『悲しみのゴンドラ』（1996）の12冊で，比較的寡作だが，その翻訳はすでに45カ国語を越え，内外に傾倒する読者を持つ。学位論文のテーマ，文芸誌のテーマナンバー刊行など，詩質研究対象としての扱いも多い。氏が受けてきた数多の文学賞中，近来のものとして，パイロット賞（1988，日本），北欧協議機関賞（1990），オクラホマ大学ノイスタッド賞（1990，米），スウェーデン・アカデミー賞（1991），ホルスト・ビエネク賞（1992，独）などが挙げられる。ノーベル文学賞に推す声も高い。

1990年秋，重い脳卒中がこの詩人の右半身の自由と言葉を奪ったが，6年後，その沈黙の境界から，病詩人の心象風景を描いた新作品が送られて来て，沸き上る喜びと称賛を受けた。1996年刊行の詩集『悲しみのゴンドラ』である。

追記 ──『悲しみのゴンドラ』の後

詩人の渾身の詩作は，短詩形への凝縮を見せながら彫りを深めて続き，詩集刊行は『収監所』（2001），『大いなる謎』（2004）に『若き日の詩』（2006）を加え，現在15冊を数える。翻訳は60ヶ国語に達した。受けられた各種文学賞数も25に及んでいる。

2011年5月，氏の80歳の誕生日にスウェーデン文化相よりProfessorの称号が贈られ，同年10月，詩人は2011年度のノーベル文学賞受賞決定の報を得た。傾倒する人々の喜びは国境を越えて大きく渦を広げている。

訳者略歴

エイコ・デューク（Eiko Duke）
1964年よりストックホルム在住。
ストックホルム大学　Fil. Kand.(Bachelor of Arts)
教師歴を経て現在，翻訳及び裏千家茶道（国立民族博物館内瑞暉亭）に従事。
訳書
日本語訳
　トーマス・トランストロンメル『悲しみのゴンドラ』(1999)
スウェーデン語訳（娘ユキコ・デューク共訳）
　大江健三郎『M/T と森のフシギの物語』(1992)、『「雨の木」を聴く女たち』(1996)
　村上春樹『象の消滅』(1996)、『ノルウェイの森』(2003)、『海辺のカフカ』(2006)、『ねじまき鳥クロニクル』(2007)、『走ることについて語るときに僕の語ること』(2011)
　柳美里『フルハウス』(2001)、『大英博物館　俳句』(2003)、山田太一『異人たちとの夏』(2009)、湯本香樹実『夏の庭 The Friends』(2009)、オノ・ヨーコ『今あなたに知ってもらいたいこと』(2011)
スウェーデン語による著作（娘ユキコ・デューク共著）
　『MIKAKU』日本の食文化をめぐる随筆（2001、同年アウグスト賞選考指定）

悲しみのゴンドラ *Sorgegondolen* 増補版

著者
トーマス・トランストロンメル　Tomas Tranströmer
訳者
エイコ・デューク　Eiko Duke
発行者
小田久郎
発行所
株式会社 思潮社
〒一六二―〇八四二東京都新宿区市谷砂土原町三―十五
電話〇三(三二六七)八一五三(営業)・八一四一(編集)
FAX〇三(三二六七)八一四二
印刷所
三報社印刷株式会社
製本所
小高製本工業株式会社
発行日
二〇一一年十一月十日